LES

CRAINTIVES

POÉSIES DIVERSES

SUIVIES DU

ROMAN D'UNE FLEUR

PAR Mme MARIA DELCAMBRE

PARIS

AU BUREAU DE L'IMPRIMERIE 15, RUE BREDA

ET CHEZ TOUS LES LIBRAIRES

1854

LES CRAINTIVES 427

Oh! mes sœurs, disait elle, Oh! laissez-moi chanter.
Puisque mon aile blanche à vous ne peut monter.

Imp. F. Chardon ainé, Ba e Hautefeuille, Paris

LES

CRAINTIVES

POËSIES

PAR

Mme Maria Delcambre.

———⋆⋅⋆⋅⋆———

PARIS

—

1854.

Mes accords sont tremblants et ma lyre est confuse ;
D'où vient, se dira-t-on, qu'une aussi faible muse
Ose élever la voix, et pourquoi donc, grand Dieu !
Pour citer quelques vers, bons à jeter au feu ?
Hélas ! aveuglement, au torrent de son âme
Elle laissa glisser sa raison, triste femme !
Elle avait vu ses sœurs briller au firmament,
Elle suivit leur vol en son ravissement,
Et, croyant parvenir à leur sphère sublime,
Essaya sa jeune aile et mesura l'abîme.

Oh! mes sœurs, disait-elle; oh! laissez-moi chanter,

Puisque mon aile blanche à vous ne peut monter.

J'ai d'immenses douleurs, j'ai des larmes amères;

En épanchant leurs flots, j'aurai moins de misères.

J'ai des baisers brûlants retenus en mon cœur,

Des extases d'amour, et des élans d'ardeur;

Je suis poëte, enfin! et, ne pouvant vous suivre,

Il me faut bien pourtant chanter si je veux vivre.

Elle chanta..... Ses chants, les voilà devant vous.

Les muses ayant dit : Enfant, chante avec nous!

Bons ou mauvais, les chants partis d'un cœur sincère

Ont toujours un rayon pour éclairer la terre.

A TOI

Sur ton front le génie a versé la lumière ;

La matière s'anime à ta chaude raison :

Laisse à mon pauvre cœur l'encens de la prière ;

Fais ton œuvre, et moi ma chanson !

LE SOUVENIR D'UNE MÈRE

A

S. M. L'EMPEREUR NAPOLÉON III.

———•◦•———

Les sommets rayonnants du monde
Sont à qui sait les conquérir ;
C'est sur leur faîte que se fonde
Le monument de l'avenir ;
Le flot envahissant des âges
Bat ses pieds d'éternels orages ;

Mais par ses portiques ouverts,
Le génie entrevoit, sans voiles,
Un firmament rempli d'étoiles
Et les destins de l'univers.

Sire, tel fut cet homme immense
Dont le regard perçait le temps,
Qui faisait l'œuvre de la France
Mieux que n'eussent fait les Titans ;
Car, s'il portait sur ses épaules
Le plus lourd fardeau des deux pôles,
C'était avec la majesté
D'un Dieu qui marche sur la terre
Moins terrible par son tonnerre
Que grand de magnanimité.

Ah ! son âme, sans doute, habite dans votre âme ;
Vous en avez la force, et l'audace, et la flamme ;

Le sang n'a point menti, le nom survit au nom ;

La mort a mal gardé ses dépouilles glacées ;

Son ombre a ressaisi son glaive et ses pensées :

    Oui, tu revis, Napoléon !

Sire, aimez comme lui votre illustre patrie ;

Elle a vaincu l'exil pour grandir votre vie ;

De tout ce qui vous aime elle fut le berceau ;

C'est là que, tout enfant, une adorable mère

Vous disait, en guidant vos pas dans la carrière

    Dont elle ignorait le fardeau :

« Oh ! mon fils, la patrie est comme un temple auguste ;

» Rien n'y doit être fait que de saint et de juste ;

» C'est le sommet vivant du monument humain ;

» C'est la terre où l'on naît, où l'on meurt, où l'on aime ;

» Chacun doit ajouter un mot à son poëme

    » Que l'histoire écrit sur l'airain.

» Dieu t'a placé, mon fils, au premier rang des hommes ;

» Mais plus haut nous montons et moins heureux nous sommes.

» Que le devoir te guide au seuil de l'avenir :

» Si pleines de grandeur que soient tes destinées,

» Le ciel est au-dessus des têtes couronnées

    » Pour les juger et les bénir. »

Hélas ! tant de beauté, de lumière et de grâce,

Cette haute raison qu'elle tenait de race,

Tout cela s'est éteint... éteint ! et sans retour !

Elle n'est pas restée au milieu des alarmes

Pour soutenir vos pas et recueillir vos larmes

    Dans la coupe de son amour !

Son amour eût frémi de joie et d'épouvante ;

Dieu vous l'a retirée afin que la tourmente

Passât sur votre front sans torturer son cœur ;

Mais il faut qu'une voix réveille sa mémoire,

Et, comme un chant d'amour, raconte son histoire

    Dans sa poétique grandeur.

Il faut, pour la chanter un cœur de femme ou d'ange,
Une lyre encor vierge, et dont l'humble louange
Ne soit pas un travail de génie et d'orgueil ;
Oh ! si ma voix était assez douce à l'oreille
Pour charmer le chagrin que cette image éveille
    Dans le secret de votre deuil ;

Si votre aigle écoutait ma muse, humble colombe,
Alors j'aurais des mots divins pour cette tombe ;
L'encensoir de mon cœur en ferait un autel,
J'y verserais l'amour et les rayons du ciel !
Sire, je veux qu'on t'aime en bénissant ta mère ;
Je veux mêler son âme à la patrie entière,
Ce sera mon bonheur dans mon obscurité ;
Et, tandis que ta gloire aspire aux grandes choses,
Je veux chanter ta mère, et guirlander de roses
    Son berceau d'immortalité.

AFFLICTION

Console-nous, mon Dieu!
Chacun porte avec soi sa douleur et son rêve;
Sa phrase de bonheur qui jamais ne s'achève!
Console-nous, mon Dieu!

Mon cœur soulève un flot de larmes fugitives;
Flot qui me berce une heure et m'emporte en son cours!
O mer des passions, viendras-tu donc toujours
Sous ta vague écumante ensevelir nos rives?

Console-moi, mon Dieu!
Mon cœur porte avec lui sa douleur et son rêve;
Sa phrase de bonheur qui jamais ne s'achève!
Console-moi, mon Dieu!

Jeune encore, mon âme a son aile blessée;
L'amour à ma raison dispute le pouvoir;
Et, souffrante en mon vol, je m'attache au devoir,
Souriant à mon nid, pleurant dans ma pensée!

Console-moi, mon Dieu!
Car je porte avec moi mon malheur et mon rêve;
Ma phrase de bonheur, ah! fais que je l'achève
En tes bras, ô mon Dieu!!

VASSALE ET CHATELAIN

I

LA CHASSE.

La paisible forêt a perdu le silence,
La chasse a commencé, le cerf au loin s'élance !
Le son joyeux du cor anime les coursiers
Et la meute hurlante attriste les terriers.

Pourquoi suis-je en ces lieux ? Quelle ivresse m'attire ?..
Ah ! oui, je me souviens, le dieu de mon délire
M'apparut ce matin, et comme en son ardeur
Mon cœur l'avait suivi, moi j'ai suivi mon cœur.

Il passa près de moi ; perdue en mon bocage,

Où le lierre et la vigne enlacent leur feuillage,

J'ai tremblé comme un lis sous le souffle du soir

En le voyant si fier sortir de son manoir.

Il paraissait heureux ! Ses lèvres grâcieuses

Semaient autour de lui des paroles joyeuses,

Tout en livrant tout bas leurs soupirs aux amours ;

Soupirs, pour l'un desquels j'aurais donné mes jours !

De nobles châtelains, de gentes damoiselles

Couvertes de velours et de riches dentelles,

Sur ses pas empressés imploraient un regard :

Dieu ! que l'une était belle et vêtue avec art !

Un voile recouvrait sa noire chevelure

Dont les nombreux anneaux encadraient sa figure ;

Une amazone brune, un corset de satin

Auquel se rattachait un bouquet de jasmin,

Des nœuds de velours vert semés sur sa dentelle,

Un collier de rubis !.. Mon Dieu ! qu'elle était belle ! !

.   .   .   .

Il l'aime, je le sais, je ne puis m'abuser !

Dans l'ombre je l'ai vu lui donner un baiser ! !

. . . .

Folle depuis cette heure, en ma jalouse audace,

Mon regard un instant n'a pas perdu leur trace :

Bondissant sur leurs pas, franchissant les remparts,

J'ai cent fois déchiré mes longs cheveux épars,

Et, bravant des coursiers la marche vigilante,

Mon pied laisse aux cailloux une empreinte sanglante !

Mais je les veux au moins troubler en leur bonheur !

Je les suivrai partout ! Hélas ! fatale erreur !

C'en est fait de ma force . . . Ah ! douleur inouïe !

Je m'arrête, chancelle, et tombe évanouie !

II

LE CERF SAUVÉ.

Ce qui survint depuis est un songe enchanteur !..

Il paraît que le cerf égarant le chasseur

Vint se réfugier, victime haletante,

Au fond du taillis sombre où je restais mourante.

Le bruit des coups de feu me rappelant au jour,

Je vis que nous étions entourés de la cour :

Auprès de moi, grand Dieu! le roi, le roi dans l'ombre,

Croyant m'avoir blessée, était tremblant et sombre;

« Qu'a-t-elle! disait-il d'un doux accent de voix ;

» Hélas ! elle est bien pâle! » Et chacun à la fois

M'entourait empressé; puis, me voyant sourire,

Car sa vue adorée augmentait mon délire!

« Ah! ce n'est rien, tant mieux! mais voyez, messeigneurs,

» Si nous ne sommes pas de bienheureux chasseurs ?

» Nous trouvons à la fois le cerf et la Diane! »

Et, plein d'égards pour moi, moi, pauvre paysanne !

« Ne crains rien, me dit-il, chère enfant, calme-toi ;

» Va, le cerf a bien fait de causer ton effroi!

» Il s'est mis sous ta garde, eh bien! par ma couronne!

» Il ne faut pas qu'il meure! à toi je l'abandonne

» Pour prix de ta frayeur, mon bel ange féal ! »

Disant ces mots, au loin il lança son cheval.

Mais en partant j'ai vu de sa noire prunelle

S'élancer un rayon d'ineffable douceur !

Quand j'ai senti sur moi tomber cette étincelle,

J'en ai frémi d'amour et pleuré de bonheur !

Mon Dieu ! qu'il était beau ! quel ravissant sourire !
Ce que j'ai ressenti pourrai-je le bien dire ?
Ma vie en un instant a suspendu son cours,
Et j'ai laissé mon âme en ses yeux pour toujours.

III

LE SACRIFICE.

Heureuse d'un sourire, en mon humble demeure
Me voilà revenue et moins triste et meilleure ;
Tremblante pour ses jours, aux pieds de l'Éternel
J'ai donné mon bonheur dans un vœu solennel ;
Je ne me plaindrai plus ; désormais solitaire,
Je serai l'holocauste offert pour lui sur terre.
Et, si sous les douleurs mon cœur pliait d'effroi,
Je dirais : C'est pour lui !... mon cœur, relève-toi !

LA

BRANCHE DE RÉSÉDA

———⊷◈⊶———

Réséda, plante gracieuse,
Dans ta corolle vaporeuse
Vient jouer la brise du soir ;
Son haleine, que tu parfumes,
Sous tes fleurs glisse dans les brumes
Comme à travers un encensoir.

Ta vue éveille en ma souffrance
La douloureuse souvenance

Qui me rappelle son amour !
Par lui, pauvres âmes bannies !
Nous fûmes toutes deux chéries,
Fleur et femme, hélas ! un seul jour !

De ce jour si plein de lumière
J'ai gardé le rêve éphémère,
Source d'amour que je ne peux tarir !
Plus heureuse, ô plante divine !
Tu demeuras sur sa poitrine
Et tu mourus où je voudrais mourir !

Réséda, plante gracieuse,
Dans ta corolle vaporeuse
Vient jouer la brise du soir ;
Son haleine, que tu parfumes,
Sous tes fleurs glisse dans les brumes
Comme à travers un encensoir.

A MARGUERITE

J'avais pour te fêter, ma douce Marguerite,
De fleurs et de chansons fait réserve en ce jour;
Lorsque mon Adrienne, enfant de mon amour,
S'empara de ma plume et, la toute petite,
Assise gravement comme nos grands auteurs,
T'écrivit ce qui suit pour ton bouquet de fleurs :

ANGE A ANGE.

J'ai dix-sept mois bientôt, c'est un bien petit âge :

Mais, à ce que l'on dit, je suis déjà bien sage ;

Je sais dire : maman, papa, joujou, gâteau ;

Et j'aime les enfants, mes frères en berceau.

Je vous vis une fois, gentille demoiselle,

Et, depuis, chaque jour de vous je me rappelle.

Le soir, quand du ciel bleu descend la nuit sur nous,

Ma petite maman me fait mettre à genoux

Et me dit : Chère enfant ! fais ta sainte prière ;

Il est des noms par nous révérés sur la terre ;

Ces noms, qu'un saint amour grava dans notre cœur,

Enfant, il faut à Dieu demander leur bonheur.

Alors, j'entends nommer un père qui vous aime ;

Il est bon pour le mien, et je l'aime de même.

Je murmure son nom et le vôtre après lui ;

C'est encor sa bonté qui vous fête aujourd'hui,

Puisque pour ses bienfaits je vous donne en échange

Mon petit cœur d'enfant et ma prière d'ange.

PLAINTE DE SAPHO

Oh! je le sens, mon Dieu! la force m'abandonne!
Contre un cruel amour je n'ai que ma douleur;
Folle d'un souvenir, je pâlis, je frissonne
Et sens naître des feux qui déchirent mon cœur!

J'espérais en l'oubli pour calmer ma souffrance,
Ma voix comme un bienfait l'implorait chaque jour;
Mais en le revoyant j'ai senti sa puissance :
Il n'est pas de repos pour un cœur plein d'amour!

En le voyant hier, j'ai cru guérir mon âme
Et ravir pour toujours mon amour à son cœur;
Mais de ses yeux aimés s'échappait une flamme
Qui reprit tout en moi, me laissant la douleur!

Eh bien! je garderai cette douleur amère!
Tout ce qui vient de lui n'est-il pas un trésor?
L'univers à mes yeux ne vaut pas ma misère!
Je me plains de souffrir, mais veux souffrir encor!

BERCEUSE

L'enfant s'endort : l'oiseau tait son ramage ;
      Sous le feuillage
La brise parfumée, en attendant le jour,
      Rêve d'amour.

L'enfant s'endort : d'un voile blanc coiffée
      Paraît la fée ;
Elle a des perles d'or, des colliers, des saphirs
      Pris aux Fakirs.

L'enfant s'endort : doucement elle penche
Sa tête blanche,
Et vient sur le berceau de rêves enchanteurs
Semer les fleurs.

L'enfant s'endort : l'étoile curieuse,
Vive et joyeuse,
Ouvre son regard d'or pour garder votre nid ;
Dormez, petit!!

LES

DONS DE LAVALLIÈRE

PENSÉE.

Mon âme pense à vous quand se lève un jour pur,
Quand les brises des nuits dorment sous les ramées,
Quand le papillon d'or s'élève dans l'azur
Ou baise de la fleur les lèvres parfumées.
Mais chacun pense à vous, à vous, pour tous si bon,
Et ma pensée, hélas! pour vous n'est plus un don.

» Aussi t'ai-je donné la place la meilleure,

» L'endroit le plus charmant trouvé dans ma demeure,

» Jardin tout parfumé de roses et de lis,

» Où viennent gazouiller mes jolis bengalis.

» Tu reposes aux pieds de la Vierge divine;

» Son voile jusqu'à toi penche sa mousseline;

» Et, pour te préserver pendant les longues nuits,

» Sa main mêle à tes fleurs l'humble branche de buis.

» Oh! quand mon front, le soir, penché pour la prière,

» Vous demande à tous deux grâce pour ma misère!

» Votre plus doux souris vient ranimer ma foi :

» Si la Vierge pourtant me mentait comme toi!...

» Mais non, seule trompeuse, image que j'adore,

» Tu n'es pour mon amour qu'un brillant météore,

» Mirage où se suspend mon pauvre cœur brisé,

» Pour retomber après encor plus insensé !

» Va, ne me souris plus!... image enchanteresse!

» Ne jette pas sur moi ce regard qui me blesse!

» Il enflamme à tel point mon amour languissant,

» Que mon être à ta lèvre y monte en frémissant!...

» Oui, souvent dans l'ardeur de fièvres insensées,

» J'ose poser mon front sous tes lèvres glacées,

» Jusqu'à ce que la Vierge, en son divin courroux,

» Me fasse sous ma honte incliner les genoux. »

QU'ES-TU?

A JULIETTE

———

Petit muguet, bouton de rose,
Suave fleur à peine éclose.
Et déjà si chère en ces lieux ;
D'où vient ta mystique auréole,
Et ton beau front dont on raffole,
Et tes grands et jolis yeux bleus ?

Où prends-tu ta beauté suprême?

Es-tu l'oiseau blanc que l'on aime,

Colombe au doux roucoulement?

Es-tu la grâce, la prière,

Le sylphe posé sur la terre

Et qu'on regrette au firmament?

JULIETTE.

« Je suis bien plus encor qu'un lis et qu'une rose,

» Bien plus qu'une colombe et qu'un sylphe qui pose

    » Ses ailes sur terre un instant;

» Je tiens sous mon pouvoir la nature asservie :

» Je suis ce grand problème où rayonne la vie

    » Et qu'on nomme petit enfant.

» J'arrive sur la terre, entre les bras des anges,

» Comme le Dieu d'amour, je prends d'abord des langes,

» Et l'enfance et ses premiers pas ;

» Mais bientôt j'ouvrirai les ailes de mon âme,

» Et, cachant la vertu sous un doux nom de femme,

» Je serai l'ange d'ici-bas.

» Heureuse en attendant, quoique toute petite,

» Des amis bien-aimés sous lesquels je m'abrite,

» Je vis de baisers et de miel ;

» Bénissant le trésor qu'on nomme un cœur de père

» Et l'ange aux traits divins qu'on appelle ma mère,

» Mais que mon cœur nomme le ciel. »

L'ESCLAVE

(Imité de l'Oriental.)

———◦———

Maître, si tu voulais à l'ombre des platanes,
Sous le dôme assombri de leur feuillage épais,
Si tu voulais rêver loin des yeux des sultanes,
Avec ma lyre d'or, maître, je te suivrais!

Sur la mousse et les fleurs couché près des cascades,
Tu pourrais m'écouter chanter à tes genoux;
Tandis qu'en soupirant sous les vertes arcades
Les brises t'enverraient leurs baisers les plus doux!

Laissant errer mes doigts sur les cordes plaintives,
Et sous mes blonds cheveux dérobant mon bras nu,
J'enverrais ma pensée, aux ailes fugitives,
Au septième soleil te chercher l'inconnu !

Ou bien, encouragée et subissant la flamme
De ton profond regard, plus ardent que le jour,
Je pourrais oublier le secret de mon âme
Et te le livrer, maître, en exaltant l'amour !

Je pourrais prononcer le nom qui seul m'inspire
Et trace sur mon front l'éclat du feu sacré ;
Je pourrais, sous l'ardeur d'un immense délire,
Effrayer la Diane en son bois consacré !

Hélas ! peut-être, hélas ! tu me punirais, maître,
D'avoir osé sur toi lever mes tristes yeux !...
Mais, si tu souriais,... si tu faisais paraître
Sur ta bouche adorée un éclair radieux !...

Alors, maître, pour toi rayonnerait l'étoile

D'un amour infini créé pour ton bonheur !

J'oublîrais l'univers et, détachant mon voile,

Je briserais ma lyre et mourrais sur ton cœur !

Si tu voulais, ô maître ! à l'ombre des platanes

Rêver en paix,

Bravant pour ton amour le courroux des sultanes,

Je te suivrais !

LES

FLEURS DE MON AME

ou

LE BOUQUET DE LYDIE,

———◦◦———

Qu'on est bien , douce amie, éloigné de la ville !
Et que la solitude épanche mieux le cœur !
On goûte les bienfaits dans ce charmant asile
    Que les cieux gardent au bonheur.

Notre âme avec transport s'agite ou se repose,
Comme l'oiseau qui prend son vol en liberté ;
Et la noble nature en secret nous dispose
    A la prière, à la bonté.

Pour moi, ce beau séjour m'attire et me captive;
J'y trouve mille attraits pour mon esprit rêveur;
Et le chant des oiseaux et la brise plaintive
　　S'harmonisent avec mon cœur.

Que ne vous ai-je aussi sur ce riant rivage!
Toute ombre du chagrin s'efface à son air pur;
Et ma tendre amitié voudrait voir, sans nuage,
　　Briller en paix vos yeux d'azur.

Votre mignonne enfant pour aujourd'hui s'apprête;
Elle m'en a parlé, c'est votre jour de nom;
Tout étant loin de vous, cependant je vous fête
　　Et désire vous faire un don.

L'hiver a du jardin détruit la fleur dernière,
Et, si c'est un bouquet que je veux vous offrir,
Je ne dois pas chercher ce bouquet sur la terre,
　　Mais dans mon âme le cueillir.

Notre âme est, je le crois, le parterre des anges ;
Ils cultivent en nous la plus chétive fleur,
Et ses fruits de vertus, aux célestes phalanges,
    Ornent le trône du Seigneur.

La fleur de l'amitié dans mon âme étincelle ;
Je vous la donne, amie, et je vous donne encor
Le devoûment sincère ; oh ! la plante est nouvelle !
    Raison de plus, c'est un trésor !

Mais il en est une autre, une plante chérie,
    Que je garde au Seigneur ;
C'est la prière sainte où mon âme, Lydie,
    Demande ton bonheur !

LA BONNE ANNÉE

D'UN

ENFANT DE TRENTE-DEUX JOURS

A SON PÈRE.

De trente-deux soleils je compte la lumière ;
Je suis un petit être entre monde et néant ;
Cependant à t'aimer m'instruit déjà ma mère,
Et mon cœur fait du sien n'est plus un cœur d'enfant.

Il comprend ta bonté, ta sublime indulgence,
Admire tes talents, en est tout glorieux !
Mais il reste caché par ma trop grande enfance,
Et je ne suis, hélas ! qu'un poupon à tes yeux.

4

Mon corps est si petit! Je ne sais pas sourire;
Un mouvement, un cri, voilà tout mon savoir,
Mais mon âme en ce corps repose et doit te dire
Qu'il est le petit grain semé pour ton espoir.

La fleur viendra bientôt s'ouvrir à ta tendresse;
Tu la verras grandir en beauté chaque jour;
Reçois, en attendant, mon baiser, ma caresse;
Ma mère avec son sang m'a légué son amour!

Cet amour fait pour toi des guirlandes de fête,
Doux projets de bonheur formés pour l'avenir,
Et mes petites mains s'élèvent sur ta tête;
L'une offre au Ciel nos vœux, l'autre est pour te bénir.

CONSOLATION

A CLÉMENTINE.

Consolateur terrestre, il est pour la souffrance
Un trésor précieux qu'on appelle : Espérance !
Dieu l'envoya du ciel pour calmer la douleur,
Et chaque être vivant le possède en son cœur.

L'homme toujours s'appuie à ce soutien fidèle,
Le voyant chaque jour aplanir avec zèle
Les ennuis, les chagrins et les difficultés,
Pour lui montrer du doigt des sommets enchantés !

La femme, être d'amour, de larmes, de prière,
Comme sa faible voix, a dit souvent : Espère!
Mais que de fois, hélas! le temps brisa le soir
Ce qu'un rêve au matin avait bercé d'espoir!

Femme! Qui peut savoir ce que ce nom charmant
A caché de sanglots offerts au Tout-Puissant?
Qui peut descendre au fond de ces âmes si hautes,
Dont les nobles vertus effaceront les fautes?

De ces cœurs délicats et si souvent froissés,
De ces élans d'amour par la froideur glacés,
Qui saura les chagrins, que vous n'osez pas dire,
Et que votre bonté cache sous un sourire?

.   .   .   .

Toi, qui reçois ces vers, tristes pensers du cœur,
J'ignore ta souffrance, et je la vois, ma sœur;
Car tes traits sont pâlis, car ta voix languissante
Au plaisir dit adieu; car ton âme puissante

Avant l'âge se meurt!... Sœur plus triste que moi,
Le sort a donc été bien terrible pour toi?
Pauvre âme si suave et si douce à mon âme,
Sur ma folle gaîté ne jette pas de blâme !

Va! si j'ai moins souffert, je n'ai pas moins pleuré,
Et le cœur en souffrance est par moi révéré.
Dieu m'a donné du ciel ce baume, doux mystère,
Que nous tous ici-bas appelons la prière;

C'est elle qui console, et je veux, ô ma sœur,
Avec ma jeune enfant, pour toi, pour ton bonheur,
De fleurs de piété former une couronne
Et reporter au ciel ce que le ciel me donne.

HISTOIRE D'UNE COLOMBE

Les bois, comme mon âme, ont revêtu leur deuil;
La feuille vient tomber toute triste à mon seuil;
La pluie à mes vitraux met ses perles liquides;
Le vent conte sa plainte aux couloirs du château;
Et l'arbre sans feuillage aux mille gouttes d'eau
    Ouvre ses bras arides.

Voici déjà l'hiver : c'est la saison des pleurs.

Pauvres petits oiseaux , pauvres bois, pauvres fleurs,

Son haleine glacée a dissipé vos joies ;

Mais elles reviendront pour le printemps prochain !

Dormez en attendant, dormez, fleurs, dans le grain ;

     Insectes, dans vos soies.

L'espérance est à vous ! C'est un autre bonheur !

Si j'espérais aussi je n'aurais pas un pleur...

Sans espoir !... Ah ! ces mots résument ma souffrance !...

Est-il vrai que l'amour emporta ma raison ?...

On dit que je suis folle !... Écoutez ma chanson,

     C'est une souvenance :

  . . . .

Il fut jadis, colombe au blanc plumage,

     Aux pieds rosés,

     Charmante et sage ;

     C'est bien assez.

De tourtereaux elle avait un grand nombre ;
>>> Ah ! mieux vaudrait
>>> Un seul dans l'ombre
>>> Et qui plairait !

Mais la cruelle était surtout coquette ;
>>> Elle riait,
>>> Faisait toilette
>>> Et point n'aimait.

Tout le bocage, étant dans la souffrance
>>> D'un tel dédain,
>>> Sans qu'elle y pense,
>>> S'enfuit soudain.

Bientôt après le cœur de notre prude
>>> Prit le galop ;
>>> La solitude
>>> Fait aimer trop.

Un jour qu'elle rêvait dans son nid de feuillage,
Laissant avec langueur ses ailes au repos,
Un aigle radieux, au ténébreux plumage,
Dans le bosquet touffu s'abattit à propos;

L'œil du maître des airs à notre délaissée
  Jette un amoureux dard,
Et voilà qu'aussitôt la colombe abusée
  S'abîme en son regard.

Naïve, elle descend sur les branches fleuries,
  Mirant son aile au jour,
Et puis, dans son bec rose offre graines chéries
  Pour un baiser d'amour.

Mais l'ingrat dédaignant la facile conquête
D'un regard amoureux qui ne voit pas l'éclair,
Reprend son vol hardi sans détourner la tête
Vers les beaux yeux en pleurs qui le suivent dans l'air.

D'amour et de douleur la pauvrette succombe

Disant dans son cœur plein d'effroi :

« O mon bel aigle, emporte-moi,

» Ou bien dans ta serre, ô mon roi

» Déchire ta blanche colombe!... »

LA

FUITE DE L'ILLUSION

---•○•---

L'illusion s'enfuit du pays de mes rêves
Ne trouvant plus de fleurs à cueillir sur ses grèves ;
    « Adieu, dit-elle, adieu,
» Pays qui m'abrita sous tes joyeux nuages,
» Idéal infini, dont les plus hauts parages
    » Appartiennent à Dieu !

» Que j'aimais, enlacée à ton penser sans voile,

» Aller, de fleur en fleur et d'étoile en étoile,

 » Au ciel poser mon nid ;

» Oh ! comme il savait bien de moi se rendre maître

» Ce penser de vingt ans, qui balançait mon être

 » Dans un réseau d'esprit!

» Adieu! Je pars fuyant devant l'expérience ;

» L'amour pleure ma perte, et je sens l'espérance

 » Me retenir en vain;

» Adieu! ma tâche est longue!... il faut que je l'achève!

» Ah! trouverai-je enfin un pays où le rêve

 » Aura son lendemain ! »

Elle dit, et s'envole, hélas! et je demeure!

Illusion charmante, ah! c'est moi qui te pleure !

 Moi seule doit souffrir ;

Car si l'expérience en nos cœurs te remplace

Elle vient pour nous dire : « Ici-bas tout s'efface,

 » Chrétiens, sachez mourir !! »

PRIÈRE

POUR LA FRANCE

———•◦•———

O toi, qui dans tes mains tiens les destins des mondes,
Les rênes des États et les cœurs que tu sondes,
Toi, dont le nom béni, pour tous si consolant,
Se prononce avec joie et toujours en tremblant,
    Exauce ma prière,
Prière sainte et pure, et dont la voix sans fiel
Sur les ailes d'un ange arrive à ton beau ciel,
    O mon glorieux père !

On a, dès le berceau, dans mon âme attendrie,

Placé près de ton nom celui de ma patrie ;

Ma mère me disait qu'en mon cœur révéré,

Ce nom, après le tien, devait être adoré !

      Et mon âme fidèle

Obéit à ma mère et vous aima tous deux,

Pour toi fut mon amour, et je t'offris les vœux

        Que je formais pour elle.

Pensais-je alors qu'un sol, où règne l'Évangile,

Aux discordes un jour donnerait un asile !

Et que mes yeux verraient ce bien-aimé pays

Arrosé par les pleurs et le sang de ses fils !

      Illustre et pauvre France !

Pardonne et ne crains plus ces coupables écarts,

Les corps de tes enfants, mère, sont tes remparts ;

      Leurs cœurs, ta récompense.

Et toi, Dieu tout-puissant, sois pour elle propice,

Accepte de ces jours le sanglant sacrifice,

Exauce le martyr qui porta l'olivier,

Qui te donna, Seigneur, son sang pour le dernier ;

Fais que son vœu sublime

De la paix parmi nous soit l'ineffable prix,

Et que le bon pasteur, mourant pour ses brebis,

Les délivre du crime.

Fais que l'homme opulent verse à flots sa richesse,

Que le fort de son bras soutienne la faiblesse,

Qu'on révère ton nom, et que la charité

S'unisse au noble cri de : Gloire et Liberté !

Laisse sur nos bannières

Ces mots ennoblissant nos vaillantes couleurs,

Ces mots qui trouveront leur écho dans nos cœurs :

Tous les Français sont frères !

ADIEUX

A

M. DE LAMARTINE.[1]

———◦———

Chacun dit, mais mon cœur ne peut encor le croire,
      Que tu voudrais
Porter sous d'autres cieux ton génie et ta gloire
      Chers aux Français!

---

[1] Ces vers ont été adressés à M. de Lamartine dans un moment où les journaux avaient parlé de son départ pour l'Orient.

Non, non! pour le pays ce serait un outrage
        Que ton exil;
Ingrat poëte, on t'aime et tu fuis ce rivage!
        Que te faut-il?

Nos cœurs, bercés par toi des plus douces chimères,
        Étaient heureux;
Ta parole magique effaçait nos misères,
        Séchait nos yeux.

Oh! tu ne sais donc pas que son attrait si tendre
        Seul peut charmer
Ces poëtes rêveurs qui savent te comprendre,
        Surtout t'aimer?

Il est si bon, vois-tu, pour la Muse bannie
        De la splendeur,
De réchauffer son aile au soleil d'un génie
        Plein de douceur!

Toi qui donnais à tous l'encens de ta pensée,
  Foyer divin!
Dont la brillante flamme est immortalisée
  Par le destin.

 Qui te remplacera? Crois-tu que sur la terre,
  Triste séjour,
Les cieux donnent à tous ta sublime lumière
  Et ton amour?

Crois-tu qu'il est aisé de calmer la souffrance,
  Et, comme toi,
D'être la Charité, la céleste Espérance,
  L'ardente Foi?

Des hauteurs du penser ton esprit vit le faîte
  Et s'envola
Jusqu'au sillon divin où Dieu nous dit : Arrête;
  Seul, je vais là!

Aucun n'ira plus loin vers cette ère splendide
    Qui rendit le Dante immortel;
Et, s'il te devança dans son vol intrépide,
    Ce fut pour préparer ton ciel.

Reste donc parmi nous, étoile souveraine,
    Toi, notre amour et notre orgueil.
Que te fait le soleil de la rive lointaine
    S'il doit éclairer notre deuil?

Reste; l'homme est ingrat, mais la patrie est juste;
    Un jour nous verrons dans son sein
S'élever en ton nom une statue auguste,
    Avec ces mots : *Gloire et Soutien*.

PAUVRE OUBLIÉE

Quand après une nuit trop longue à ma souffrance
        Vient le jour,
Comme deux fleurs du cœur j'enlace l'espérance
        A l'amour;

Je me pare et souris pour paraître plus belle;
        Puis, rêvant,
Je cours dans le feuillage, ainsi que l'hirondelle
        Et le vent.

J'interroge tout bas la fleurette menteuse
Des ruisseaux;
Et l'onde montre au ciel ma tête curieuse
Dans leurs eaux.

Ainsi, tout en suivant la montagne ou la rive,
Sans vouloir,
A deux pas du castel chaque matin j'arrive
Pour le voir!

Cachée à tous regards et brisant en moi-même
Mes sanglots,
Je reste là pensive à murmurer : je t'aime!
Aux échos!

A sa fenêtre ouverte, oiseau, tu te reposes!
Ah! comment
Dieu me refuse-t-il ces ailes que tu poses
Sur le vent?

J'irais chercher d'amour la flèche la plus pure,

Et, sans peur,

Au cœur de cet ingrat je ferais la blessure

De mon cœur !

LES

FLEURS DE BERNARDINE

———⋙◦⋘———

Si j'étais une fleur au calice embaumé,
    Je voudrais, ma charmante,
Attirer ton regard et que ton bras charmé
    M'emportât sous ta mante.
Je sais que, dans l'eau fraîche et du plus pur cristal
    Cultivée avec zèle,
Tu répandrais sur moi ton charme sans égal
    Et me ferais plus belle.

Si j'étais le lilas posé dans tes cheveux
     En couronne légère,
Je tiendrais mes fleurons en groupe harmonieux
     Pendant la fête entière;
Et sur ton front pensif balançant mes couleurs,
     O la plus adorée,
Je brillerais par toi, j'enchaînerais les cœurs
     Et serais admirée.

Si je pouvais enfin être la fleur des cieux,
     Le lis, plante divine,
Je te ressemblerais, blanche femme aux grands yeux,
     Ma douce Bernardine!
Quelle ivresse pour moi! de toutes les faveurs
     C'est celle que j'envie,
Et cela se comprend, puisque parmi les fleurs
     C'est toi la plus chérie.

 LA NOËL.

IMPROMPTU D'UNE ENFANT.

Une enfant vous écrit... Une enfant, direz-vous,
Sur l'aile de sa muse arrive jusqu'à nous?
Puis, comme le bon Dieu dont je sais la louange,
Vous direz : Écoutons ! voix d'enfant, c'est voix d'ange.

Voilà pourquoi j'écris : Un soir, l'an passé, j'eus
Un bel arbre fleuri que m'envoya Jésus ;

De bonbons, de gâteaux, de mille bonnes choses

Il couvrait sa verdure et ses boutons de roses;

Quelle fut ma surprise! et qu'il me parut beau!

— Ma maman, d'où vient-il? — Jésus t'en fait cadeau.

Voilà ce qu'avait dit ma mère à ma demande.]

Je crus que chaque enfant recevait même offrande,

Et, sans m'inquiéter davantage, vraiment,

Je mangeai tout de suite un si joli présent.

Que je me repentis de cette gourmandise!

Car, dès le lendemain, je connus ma sottise.

Jean, mon frère de lait, était depuis longtemps

A l'hospice où Jésus prend les petits enfants;

Je partais pour le voir, lorsque ma tendre mère

Me dit : Tu n'as donc rien à porter à ton frère?

Il fallut avouer que, dans mon grand plaisir,

J'avais dévoré tout, au risque d'en mourir.

Mais quel fut mon chagrin! car, bien vrai, je vous jure,

Du cher petit Noël j'avais si bon augure

Que je crus qu'il donnait à chacun même part.

Oh! comme je pleurais après notre départ!

J'allais voir des enfants souffrants, loin de leur mère,

Pauvres oiseaux sans nids, grelottant la misère,

Enfants chers à mon cœur ; car je suis bonne au fond,
Et, malgré mes trois ans, mon amour est profond!
O mon Dieu! me disais-je, ô sainte Providence,
Répandez un bienfait sur leur longue souffrance!

. . . .

Dieu m'avait exaucée : au sein d'un chaud réduit,
Tous les convalescents de gaîté faisaient bruit
Autour d'un arbre immense, aux branches surchargées
De joujoux, de gâteaux, d'habits et de dragées.
Des sœurs en robe grise, ou des anges, je crois,
Aux enfants, en riant, laissaient faire leur choix,
Et dans leurs yeux émus brillaient plus d'étincelles
Que si tous ces présents avaient été pour elles.
Quel bonheur, m'écriai-je! Oh! j'avais bien raison
De croire que Jésus leur avait fait leur don.
« Jésus donne, me dit une des saintes femmes,
» Par la main des heureux dont il a fait les âmes
» De l'humble charité; le bon riche, vois-tu,
» En soulageant le pauvre arrive à la vertu ;
» Dieu le désire ainsi; pour mieux lier la terre,
» Il fit la Charité consolant la Misère ;

» Et si tu vois ici ces enfants si joyeux,

» C'est qu'un homme puissant voulut veiller sur eux.

» Oui, du sein de sa gloire et malgré la distance,

» L'Empereur a daigné se rappeler l'enfance,

» Comme au temps où, tout jeune et n'ayant pas d'écus,

» Il donnait ses souliers et revenait pieds nus,

» Et l'on sait qu'Eugénie, à son cœur fiancée,

» Avec sa voix d'archange inspira sa pensée. »

Voilà ce que j'appris. — Alors, dans mon ardeur,

A Vos deux Majestés je consacrai mon cœur.

Et depuis ce temps-là j'ai gardé le silence

En priant Dieu pour vous ; mais une circonstance

Me force à vous écrire : Il vient bientôt ce jour

Qu'on nomme la Noël, et, voulant à mon tour

Ne plus être en défaut, en grâce je demande

Si les pauvres enfants auront leur riche offrande ;

Car, de Vos Majestés bénissant les bienfaits,

Je mangerais gaîment mon petit arbre en paix !

A DES OISEAUX

Ne vous effrayez pas, charmants petits oiseaux,
Mangez, mangez ce pain que ma main vous émiette ;
J'aime tant à vous voir, au milieu des roseaux,
Vivre de cet amour que mon âme souhaite !

Heureux est votre sort ! aimez-moi sans frayeur ;
Moins heureuse que vous, j'ai bien plus de misère ;
Je suis femme et l'on dit que je suis une fleur :
Fleurs et petits oiseaux s'aiment sur cette terre.
Prenez tous mes baisers comme un enfant chéri !
Oh ! prenez mes baisers ; mon cœur en est rempli !

6

J'aurai toujours pour vous des douceurs maternelles.

Que ne puis-je cacher votre nid dans mon sein,

Pour qu'un jour, emportant mon âme sur vos ailes,

Nous allions habiter des demeures plus belles

Dans les étoiles du matin.

JEUNE FILLE ET SENSITIVE

Petite sensitive,
Fleur qui plaît à mon cœur,
De ton âme craintive,
Oh ! j'aime la douceur.

Ta feuille frémissante
Se replie au toucher,
Tu t'affaisses, méchante,
Quand on vient te chercher ;

Mais ta tige légère
Quand passe le zéphir,
Lui donne la première
Un baiser, son désir !

Et ta fleur est heureuse
Quand, chassant ton ennui,
Sa caresse amoureuse
Te fait frémir sous lui.

Oh! fleur suave et tendre,
Fleur pleine de douceur,
Toi, tu pourras comprendre
Mon amour et mon cœur ;

Car ma jeune âme sainte,
Sensible comme toi,
Sous le poids d'une crainte
Se referme d'effroi.

Bien des hommes du monde
M'ont fait de beaux discours;
Mais, folle tête blonde,
J'ai dédaigné toujours.

De là, grande colère
Qui fait dire de moi :
C'est un cœur éphémère,
Sans amour et sans foi!

Mais je ris en moi-même
Et garde mon secret,
Ne disant pas que j'aime
A ce monde indiscret.

A toi, ma fleur chérie,
Discrète de renom,
Seule à toi je confie
Mon amour et son nom.

Écoute! en la nature
Tout te le dira bien;
Car tout pour moi murmure
Un nom... et c'est le sien!

L'ESPÉRANCE

DU PRISONNIER

———◦———

« Là-bas, sur la montagne,

» Gémit un prisonnier ;

» Il n'a pas de compagne,

» Il n'a que son geôlier.

» Que je plains sa souffrance !

» On m'a dit qu'il est beau !

» Je serai l'espérance

» Pour charmer son tombeau.

» Le geôlier, peu sévère,

» Me laisse, sans façon,

» Cueillir de la bruyère

» Auprès de la prison.

» Allons, avec prudence,

» Câliner le geôlier,

» Pour être l'espérance

» Du pauvre prisonnier. »

Depuis, la jeune fille,

Au cœur passionné,

Passait près de la grille

Du jeune condamné.

En calmant sa souffrance,

Elle fut, à son tour,

Sans aucune espérance

Captive de l'amour.

Pour lui, douce lumière

Vient briller chaque soir,

Car l'amour qui l'éclaire

Rend son cachot moins noir.

Il attend en silence,
Heureux, quand vient la nuit,
De voir son espérance
Apparaître sans bruit.

Enfin, sa douce amante
Fut son salut un jour :
Caché sous une mante
Il s'enfuit de la tour.
Et quand il fut en France,
Riche et puissant seigneur,
Il laissa l'espérance
Et garda le bonheur.

GLOIRE ET BONTÉ

AU MARÉCHAL VAILLANT.

G loire et bonté, voilà ton illustre devise!

L auriers de charité, lauriers du champ d'honneur,

O rnent ta noble vie, et la vertu soumise

I mmole son trophée aux pieds de son vainqueur.

R ien n'est beau! rien n'est vrai! nous a dit un poëte:

E t quand le malheur passe, on détourne la tête.

E trange aveuglement! O poëte, ici-bas,

T ous les nombreux bienfaits ne compteront-ils pas?

B ien des pleurs sont séchés par une main suprême;

O n te sait, maréchal, l'émule de son cœur,

N ommant à sa bonté le plus humble malheur!

T u vois bien qu'en l'aimant il est juste qu'on t'aime

E. t qu'on demande à Dieu vos lauriers de bonheur?

PRIÈRE

POUR

LA REINE HORTENSE

I

Comme un ange endormi dans la splendeur divine,
Une reine repose à l'abri du saint lieu :
Devant sa tombe aimée, en pleurant je m'incline,
Et de fleurs de prière offre un bouquet d'adieu.
O linceul! ô tombeau! que d'amour tu recèles !
Quel trésor précieux dort sous tes froides ailes!
Seigneur, pour ranimer un si généreux cœur,
L'âme de tout un peuple invoque ta grandeur!

Mais il faut adorer ta loi mystérieuse ;

Elle vit dans ton ciel suprêmement heureuse ;

Pourquoi la tant pleurer? Que demandait sa foi?

Elle disait : « Mon Dieu! ma plus chère espérance

    » C'est une tombe en France,

    » C'est le repos en toi! »

II

Hélas ! pourquoi si vite as-tu quitté la terre ?

    Que fais-tu dans les cieux,

Hortense? toi dont l'âme était notre lumière,

    Toi qui charmais nos yeux?

Tu régnais par le droit de splendeur et de grâce

    Sur les plus fiers esprits ;

Et nous t'aurions donné plus de gloire et de place

    Que dans ton paradis.

Ah ! que fais-tu là-bas, au palais des nuages ?

A travers leurs éclairs,

Tes yeux voient-ils encor tes bien-aimés rivages,

Ton premier univers ?

Ah ! que fais-tu là-bas, si loin de la patrie

Qu'on aime en y pleurant ?

Sur un nuage d'or, char de ta rêverie,

Y descends-tu souvent ?

Cachée au sein des fleurs ou des brises légères,

Tu bénis nos moissons ;

A l'oiseau qui gazouille au milieu des bruyères,

Tu dictes ses chansons.

Quand l'aube matinale entoure la colline

De sa blanche lueur,

C'est toi qui vas porter la prière divine

Au trône du Seigneur.

Le soir, quand tout se tait dans la triste demeure
　　Qu'habite le mortel,
Pour protéger encor le seul fils qui te pleure,
　　Tu descends de ton ciel.

Et quand ton aile d'ange, invisible sur terre,
　　Sur son front a passé,
Notre empereur s'endort sous ce baiser de mère
　　Comme un enfant bercé.

Que tu sois lis ou rose, ange ou forme qui passe,
　　Tu ne peux pas mourir !
Tes bienfaits ont rempli de parfum et de grâce
　　L'urne du souvenir ;

Et si la vie en nous, ainsi qu'un épais voile,
　　Nous cache tes splendeurs,
Comme un rayon béni, tu parais, douce étoile,
　　Dans le ciel de nos cœurs !

COMPLIMENT D'UNE ENFANT

IMPROMPTU.

Mère, pour te fêter il me faut bien des choses !
Rien n'est assez joli pour mes yeux enchantés ;
Et j'aurais des flots d'or, des perles et des roses,
Qu'ils ne sauraient payer une de tes bontés.

Tu m'as donné la foi, l'amour et l'existence .
La manne d'ici-bas, la manne d'espérance :
Et je voudrais, vois-tu , te rendre tous ces dons
Pour que tu sentes bien comme au cœur ils sont bons.

7

Oh! tu les a semés dans une bonne terre,

Car ils sont maintenant changés en fleurs d'amour,

Sur mes lèvres d'enfant viens les cueillir ma mère,

Ou dans mes petits bras te bercer à ton tour.

L'IMPÉRATRICE EUGÉNIE

Aux plus nobles beautés appartient la couronne ;
Le ciel la lui devait, elle est belle, elle est bonne.
Sa taille est souveraine, et sous son front pensif
Son lumineux regard semble un rayon captif ;
Suave comme un lis, blanche comme lui-même,
L'or de ses blonds cheveux forme son diadème,
Et laissant du visage admirer les contours,
Retombe en flots légers sur sa peau de velours.
Sa tête, gracieuse et d'un port toujours digne,
Fait sous son beau fardeau pencher son cou de cygne,
Et répandant sur tous un sourire enchanteur
Semble dire : aimez-moi ! Je suis l'ange du cœur !

« Nous vous voyons avec délice

» Comme un rayon sur nos beaux jours,

» A vous, ô noble Impératrice,

« Nos vœux, nos chants et nos amours ! »

Voilà ce qu'on répond à ce charmant sourire :

Voilà ce que du moins les cœurs aiment lui dire,

Quand, rayonnante ainsi qu'une divinité,

A nos yeux éblouis paraît sa Majesté.

Les femmes sans contrainte admirant la plus belle,

Effeuillent leurs bouquets au pied de sa splendeur ;

Et l'Empereur heureux semble dire auprès d'elle :

Le rang qu'elle a de moi ne vaut pas mon bonheur !

Et que vaut en effet l'or ou le rang suprême

Auprès du tendre amour d'un être que l'on aime ?

O noble affection, sainte fille du ciel !

Toi qui nous as valu le sauveur d'Israël !

Tu soutiens seul encor l'humanité qui tombe,
Sous la loi du destin en vain elle succombe ;
Ce que la mort ravit depuis le premier jour
Arrive âme par âme au Dieu de tout amour
Sur tes deux ailes de colombe !

Reine de la beauté, fleur de l'Andalousie,
O vous qui pour aimer fûtes par Dieu choisie,
Ange abritant un Empereur !
Ah ! vous avez sur terre une bien douce tâche,
A vous faire adorer travaillez sans relâche :
Puisqu'être aimé c'est le bonheur.

Sous sa serre au repos endormant son tonnerre,
L'aigle las des combats apporte sur la terre
La paix dans son dernier essor ;
Et voulant qu'en son nid cette paix l'accompagne,
Dans les vallons du ciel il choisit pour compagne
Une colombe aux ailes d'or.

Heureuse, oh ! bien heureuse entre toutes les belles,
Vous avez su fixer les vives étincelles
    De ce regard plein de fierté :
Et la France, en voulant chercher votre couronne,
Vit sur votre front pur celle que Dieu vous donne,
    L'auréole de charité !

Aussi lorsque Paris, suivant l'antique usage,
Vint poser à vos pieds le don de mariage,
    Vous dites ces mots immortels :
« Gardez cette parure, oh ! gardez, chère ville !
» A vos pauvres enfants elle peut être utile !
    » Leurs cœurs sont mes joyaux réels. »

Et le peuple a compris ; et ce grand flot qui roule,
Ce flot tumultueux qui lentement s'écoule
    Sous l'arche de la royauté,
T'a dit : Viens, ange heureux, viens régner sur ma rive !
Ma vague à ton pouvoir ne peut être rétive ;
    Ton gouvernail est la bonté !

A MME DE P***

PENDANT QU'ELLE FAISAIT MON PORTRAIT.

———

Toi, dont les fiers pinceaux agiles
Rendent trop bien mes traits mobiles,
    Pinceaux flatteurs,
Qui sur la toile blanche et pure
Aiment surpasser la nature
    Dans ses grandeurs.

Inspire-moi de ton génie;
Prête à ma pauvre âme bannie
Ta sainte ardeur;
Répands sur ma mourante lyre
Le feu divin dont l'art t'inspire:
Partage en sœur!

En récompense, ma prière
Pour toi s'élèvera sincère
Vers le Seigneur,
Et de sa senteur parfumée
T'embaumera, ma bien-aimée,
Comme une fleur.

De toi je ne suis pas jalouse;
Plus d'une fleur, sur la pelouse.
Voit sans douleur
Briller sa suave compagne
Du vif éclat qui l'accompagne
En sa splendeur.

Car tu sais combien je t'admire :
Tu sais qu'à ton moindre sourire
Sourit mon cœur ;
Tu sais surtout, ma noble amie,
Que je saurais donner ma vie
Pour ton bonheur !

A UNE JEUNE MALADE

Ne pleure pas, Hélène, et garde le silence;
Quoi! te désespérer pour un peu de souffrance!
La terre en est remplie. Oh! ne crains rien, enfant,
Le mal qui vient du corps n'est jamais le plus grand.
Si la fièvre t'agite et pâlit ton visage,
N'as-tu pas de tes sœurs tous les soins en partage
Et le cœur de ta mère? Oh! ta mère, enfant, dis
S'il est rien de plus doux au divin paradis.

S'il est âme meilleure et bonté plus sincère,

S'il est plus noble amour et plus sainte prière.

Dis que son beau visage est bien plus doux pour toi

Que toutes les beautés qu'adorerait un roi.

La suave vertu le pare et l'environne :

Son front de la bonté s'est fait une couronne :

Ange de tes beaux jours, reine de ton berceau,

Ta mère, oh! oui, ta mère, il n'est rien de plus beau !

Puisque tu l'aimes tant, n'attriste pas son âme :

Hélène, du courage! allons, sois une femme !

Et ne va pas ainsi te croire à ton trépas

Et dire : j'en mourrai! Pauvre enfant! tu mourras,

Oh! oui, oui, dans vingt ans, dans quarante ou soixante,

Quand voudra le Seigneur. En attendant, charmante,

Soignez-vous simplement sans penser à mourir.

Je vous connais très-bien, vous aimez le plaisir,

La toilette, le bal, les fleurs, l'encens et l'ambre :

Non le bonnet de nuit et la robe de chambre.

C'est dommage, il est vrai, mettre un joli minois

Sous un vilain bonnet! En meurt-on? Je le crois,

Avec quelque autre chose. Enfin, Mademoiselle,

Un peu de patience et l'on vous fera belle :

Vous aurez du plaisir, des bals à l'infini.

Eh! tiens, pour commencer, mon sermon est fini.

Tu ne peux m'en vouloir; gronder ce que l'on aime

Est la preuve d'amour que Dieu donna lui-même.

INSOUCIANTE

A ADELINE.

———•———

Comme l'oiseau chantant sous l'aubépine blanche,
    Insouciant du jour ;
Comme un sylphe léger en folâtrant se penche
    Sur les roses d'amour ;

On te voit tour à tour, charmante jeune fille,
    Chanter, rire ou courir ;
Oh ! qu'il est doux ton sort ! A tes regards tout brille !
    Le jour qui va mourir

Est une nuit d'azur et d'étoiles semée ;

      L'orage du destin

Brise tes frêles sœurs, et, pour toi, bien-aimée,

      Sourit sous le chagrin.

Hélas ! quand de mes jours je compte les souffrances,

      Moi jeune comme toi,

Je demande au Seigneur : Où sont mes espérances?

      Et que veux-tu de moi?

Mais je bénis pourtant sa volonté divine ;

Elle règle ici-bas l'avenir de nos cœurs.

Allons, chante et souris, mon heureuse Adeline,

      Pourquoi mesurer mes douleurs?

Ta suave gaieté calme ma plainte amère.

      Dieu sans doute te mit sur terre

      Afin de consoler tes sœurs !

HISTOIRE D'UN CŒUR

Un cœur, encore enfant, se riait de l'amour
Et disait : « Sans aimer je passerai ma vie ;
Les fleurs, le ciel d'azur, le charme d'un beau jour,
Suffisent au bonheur de mon âme ravie. »
Mais l'âme qui s'épanche en voyant une fleur
Deviendra de l'amour la première victime ;
    Riez, riez, ô jeune cœur,
    En attendant qu'il vous opprime !

8

A seize ans, il tenait un langage plus doux :
« On a besoin d'aimer, disait-il à sa mère ;
Je veux aimer ce Dieu qu'on adore à genoux ;
Je veux lui consacrer mon âme tout entière. »
Oh ! l'âme de seize ans qui se donne au Seigneur
D'un premier feu d'amour est déjà la victime ;
  Riez, riez, ô jeune cœur,
  En attendant qu'il vous opprime !

Il vivait tout en Dieu ; lorsqu'une voix, un jour,
Par des mots pleins d'ardeur vint ébranler son être.
Cette voix douce et belle, en exaltant l'amour,
Dans ce cœur innocent sans doute le fit naître ;
Car, depuis, il se trouble et cache sa pâleur ;
Sa bouche avec regret s'abandonne au sourire ;
  Vous ne riez plus, jeune cœur !
  Vous aimez et n'osez le dire !!

Donne lui de longs jours pour achever son œuvre,
Et faire de la France un merveilleux chef-d'œuvre.

Imp. F. Chardon ainé, r. Hautefeuille, Paris

POUR UN SOURIRE

DE L'EMPEREUR

PRIÈRE D'UN PETIT ENFANT.

———•◦•———

Dieu de toute bonté! mon âme à peine éclose,
S'entr'ouvre à la prière ainsi qu'au vent la rose,
Et, d'un parfum caché révélant le trésor,
A tout ce qu'on te dit veut ajouter encor.

Ma mère, chaque soir exaltant ta louange,
Dit qu'à tes yeux, Seigneur, je suis un petit ange,
Et que les noms chéris que murmure son cœur,
En passant par ma voix te sont plus doux, Seigneur.

Sans qu'on m'en dise rien j'ai voulu, de moi-même,
Attirer ta bonté sur un de ceux que j'aime :
J'ai dans un beau cortége aujourd'hui vu passer
Un prince auquel ma bouche envoya son baiser.

Il daigna me sourire, et j'appris de ma mère
Qu'il était Empereur et gouvernait la terre ;
Qu'il nous avait sauvés d'un immense danger
Et qu'à son noble cœur aucun n'est étranger.

Que l'enfant, grâce à lui, boit un lait de sagesse,
Qu'un avenir brillant s'ouvre pour la jeunesse,
Qu'à l'abri de son sceptre on peut croître et granidr
Et qu'il a su forcer le monde à le bénir.

Je n'ai qu'un cœur d'enfant, j'ai deux ans, c'est à peine
Si les petits agneaux à cet âge ont leur laine ;
Mais ce prince, ô mon Dieu, si bon, si bon pour nous,
Que puis-je lui donner pour un bienfait si doux?

Je ne possède rien en ce monde où j'arrive,
Mais de ton ciel d'azur j'habite encor la rive
Et mes petites mains implorant ton appui,
Obtiendront tes trésors et tes grâces pour lui.

Conserve lui toujours cette bonté sublime
Qui pardonne sans cesse et qui jamais n'opprime,
Donne lui ta sagesse et ton regard divin
Pour trouver la vertu qui se cache en chemin,

Donne lui de longs jours pour achever son œuvre
Et faire de la France un merveilleux chef-d'œuvre;
Donne lui le bonheur ce mirage éternel
Que l'on cherche ici-bas comme un reflet du ciel.

Donne lui!... mais tu sais mieux que moi ce qu'il aime !
Je remets tous mes vœux à ta bonté suprême:
Si j'ai pu jusqu'à toi m'élever un instant,
Ah! c'est que ton esprit a passé sur l'enfant.

Ton esprit m'a donné la grâce et la lumière

Pour te prier, mon Dieu, pour sourire à ma mère,

Pour aimer mon pays du profond de mon cœur,

Et faire de mes bras un trône à l'Empereur !

2 décembre 1852.

UN BOUQUET

Je veux pour te fêter un bouquet sans pareil,
Qui n'aura pas fleuri sous les feux du soleil;
Mais dont ton amour seul par un baiser de flamme
Fit naître chaque fleur au jardin de mon âme.

Tout d'abord, il me faut le doux myrte odorant,
Symbole du désir qui renaît en mourant;
Après, je veux cueillir un frais bouton de rose;
Je pense que c'est moi, mais le dire... je n'ose!

Le réséda si vert, c'est ma vie en sa fleur,
Et le myosotis, le souvenir du cœur ;
L'immortelle, au calice inondé de lumière,
Est l'image ici-bas de ma sainte prière ;

Quant au lierre des bois qui m'a toujours charmé,
C'est mon cœur tout entier qui s'étend à sa place :
Comme lui m'enlaçant à toi, mon bien aimé,
Je meurs où je m'enlace.

FEMME ET JEUNE FILLE

LA JEUNE FILLE.

Sœur, il est deux secrets qui viennent m'alarmer :
La beauté, d'où vient-elle? et qu'est-ce donc qu'aimer?

LA JEUNE FEMME.

Oh! tu |portes bien loin, enfant, ta rêverie!
Pourquoi tant réfléchir quand le ciel est d'azur?
Va, joyeuse et légère, errer dans la prairie,
Ou viens sur mes genoux reposer ton front pur.

LA JEUNE FILLE.

Me voilà! Mais, ma sœur, il te faudra me dire
'Pourquoi Dieu te donna ce gracieux sourire?
Pourquoi tes longs cheveux sont d'un si beau châtain,
Et comment de nos lys il put former ta main?

LA JEUNE FEMME.

Le Seigneur est puissant!.. Vois, tout est beau sur terre;
Seulement, dans nos cœurs il a mis un mystère;
Ce mystère est l'amour; l'amour, ma tendre sœur,
Par lequel on respire et pour lequel on meurt.

LA JEUNE FILLE.

Quand je vois palpiter le sein des jeunes filles,
L'amour est donc, ma sœur, caché sous leurs mantilles
Pour si fort enflammer leurs doux regards? Vraiment
Ce doit être, ma sœur, un objet bien charmant?

LA JEUNE FEMME.

Hélas! à notre vie il donne bien des larmes!
Enfant, sans le connaître il cause tes alarmes;
Déjà ton front pâlit devant son nom divin,
Et ton pied de seize ans te porte en son chemin.
Tu souffres, je le vois; vers ton cœur il arrive!
Et voilà le secret qui te rend si pensive.
Aime donc, ô ma sœur! l'amour seul peut charmer;
Mais apprends à souffrir pour savoir mieux aimer.

DIEU ET DEVOIR

A M. ALPHONSE BONVALLET.

Abeilles du devoir, les âmes à l'envie,
Aux fleurs de la vertu puisent un divin miel,
Et le laissant au fond de la coupe de vie
L'échangent avec Dieu pour une part du ciel.

Dieu, source de lumière et de toute puissance,

Invisible beauté, douceur de ma croyance,

Esprit mystérieux qui planes sur les mers

Et dont la volonté sut créer l'univers.

Qui peut t'approfondir? Quoi, d'un peu de poussière

Tu fis l'homme et c'est lui qui gouverne la terre!

De lui naissent les arts.

Astre de nos soleils, ô splendeur éternelle!

Quel est donc ton foyer si ta seule étincelle

     Eblouit nos regards?

Te connaître, mon Dieu, c'est un bien qu'on ignore,

Pour en jouir, hélas! il faut attendre encore;

Attendre en amassant maux sur maux, pleurs sur pleurs;

Car nous ne pouvons pas vivre ici sans douleurs;

Et cependant tes dons remplissent la nature;

Que de charme pour nous en sa seule parure?

     Que de biens précieux

Si nous voulions chercher le bonheur sur la terre

Et, sans livrer notre âme au plaisir éphémère,

     Ne pas fermer nos yeux?

Malheureux, malheureux est l'aveugle incrédule,

Toujours indifférent et que rien ne stimule;

Herbe inculte et sauvage étouffant le bon grain

Et que le laboureur arrache avec dédain.

Être vivant pour vivre et cherchant l'opulence,
Détruisant par dégré dans sa basse ignorance
    Le seul bien des mortels,
Ce flambeau précieux illuminant nos âmes,
L'intelligence enfin dont les sublimes flammes
    Nous rendent immortels.

L'âme que Dieu nous donne est une vierge pure
Que nous devons garder de la moindre souillure;
Heureux qui la consulte et lui parle toujours!
Il trouve en son conseil un tout puissant secours;
Heureux qui de ses sens la fait reine et maîtresse
Et se livre en esclave aux soins de sa sagesse;
    L'homme avec son appui,
Au torrent des dangers pourra livrer sa sonde;
Il n'a plus rien à craindre, il est maître du monde,
    S'il est maître de lui.

Homme, Dieu te créa pour finir son ouvrage,
Travaille comme lui, travaille avec courage!

Soutiens avec ton bras l'honneur de ton pays ;

De chêne ou d'olivier décore ses parvis ;

Travaille pour laisser un nom grand dans l'histoire

Et des bienfaits de Dieu rappeler la mémoire ;

Travaille avec ardeur !

Et tu pourras alors, admirable nature,

Fort d'un devoir rempli, dépouiller ton armure,

Et monter au Seigneur.

VOTRE MÈRE

ou

L'HÉROINE SAINTE

A MONSIEUR LE MARQUIS DE LA ROCHEJACQUELEIN.

———➤◆←———

Douce ignorée au sein d'une noble famille,
Etoile de vertu qui pour le pauvre brille,
    Sa gloire c'est la charité ;
Semant partout les fleurs d'une vie exemplaire,
Elle est grande, elle est sainte, et comme une humble mère,
    N'est reine que par la bonté.

Pourtant sur le front pur de cette mère aimée
Quelle illustre couronne a mis la renommée!
  Qu'il est grand son sceptre de pleur !
Fidèle à son époux, à la foi de ses pères,
L'héroïne sans tache arma ses mains austères
  Pour se dévouer au malheur.

Nouvelle Jeanne d'Arc par son divin courage ,
La Vendée à jamais garde un pieux hommage
  A celle qu'elle a vu bénir :
Et l'enfant vendéen, quand s'élève une plainte,
Murmure le doux nom de l'héroïne sainte,
  La sainte du bon souvenir.

Un jour qu'elle priait, de larmes fatiguée,
Son regard se posa sur la sainte nuée
  Qui mène aux pieds de l'Eternel ;
Dieu le voyant si pur conserva sa lumière ;
Reste avec moi, dit-il, regard d'ange et de mère,
  Je te fais étoile en mon ciel.

Mais ses yeux ont gardé leur céleste sourire ;

Sa cécité n'est pas un douloureux martyre,

      C'est un don offert au Seigneur !

Et quand de ses enfants elle compte le nombre,

Elle leur dit tout bas, en les pressant dans l'ombre :

      « Je vous vois mieux avec mon cœur. »

O vous qui l'entourez d'un respect plein de charmes ;

Vous, son bien-aimé fils ; vous, l'onde de ses larmes ;

      Vous, la lumière de son jour ;

Poursuivez, calme et fort, votre illustre carrière !

Le ciel sera pour vous, puisqu'une sainte mère

      Vous abrite sous son amour !

MADONE DES POÈTES

SONNET

A LA VIERGE DE LA DAURADE

Vierge, pour te bénir les cœurs n'ont qu'une voix ;
Avec ta bonté sainte ils ont fait alliance ;
Pâtres ou matelots, se signant de la croix,
T'appellent au danger : Dame de Délivrance !

Ils t'ont fait des autels jusques au fond des bois,
Suspendant à tes bras l'ex-voto de souffrance,
Espoir du pèlerin où l'on peut à la fois
Guérir les maux du corps et puiser l'espérance.

Le penser seul errant dans ses vastes détours,

Lui qui, plus que tout autre, a besoin de secours,

N'avait rien pour poser ses ailes inquiètes ;

Vierge de la Daurade, émue à ses douleurs,

Tu daignas lui donner un abri sous tes fleurs

Et te nommer pour lui : Madone des Poètes !

HERMANCE LESGUILLON

A

MARIA DELCAMBRE

———o———

Oui, Maria, ta vue est douce ;
Elle est pour moi le nid de mousse
Où je reprends vie et chaleur ;
Mon âme y dépose ses larmes !
Mon esprit y reprend ses charmes ;
Mon rêve y revoit le bonheur !

Oui, ta vue est la foi nouvelle
Où renaît mon âme fidèle
Incorrigible en son ardeur !
Elle est la chère et blanche étoile
Où va toucher ma triste voile
Qu'entraîne le flot de mon cœur !

Le Dieu bon qui connaît mon âme
T'envoya vers moi, douce femme,
Pour ranimer mes sentiments !
Ta jeunesse ouvre à ma souffrance
Encore un rêve d'espérance
Qui trame des liens aimants !

Comme un aimable et frais mensonge,
Créant un poétique songe,
Tu reviens enchanter mes yeux !
Ton nom, paré de nouveaux charmes,
Pose des baisers sur mes larmes,
Et rouvre l'azur de mes cieux.

Ta présence aimable et légère
Descend comme une messagère
Portant la consolation !
Tu m'écoutes ; moi je t'éclaire ;
Nous confondons notre prière
Dans une sublime union !

Nos goûts, nos accents, sont les mêmes ;
Ils s'élèvent, fiers et suprêmes
Sur leurs souffles inspirateurs ;
Nous aimons ! Dieu conduit nos âmes,
L'amour divin verse des flammes
Qui réunissent nos deux cœurs !

Plus jeune et le front plein de rêves,
Tu viens me rapporter les sèves
Dont j'ai cueilli les fraîches fleurs ;
Tu souris au bruit de la fête ;
Tu désires, moi je regrette ;
Nous mêlons nos tendres douleurs !

Sous ton regard de jeune mère
Eclot une douce chimère
Dont je vois la réalité ;
Sur ton enfant point une aurore !
Sa lèvre balbutie encore;
Tu nais dans la maternité !

Sur le front pur qui se déploie
Tout est plaisir, espoir et joie ;
Tout est sourire, enchantement ;
Sous tes brillantes tresses blondes
Glissent d'imperceptibles grondes
Que dérangent des mots charmants !

Dans ton nid bien aimé rien n'est encore austére ,
La chanson du petit et le souris du père
T'éveillent sitôt le matin !
Sur ta rose et tendre couvée
Ton aile plane soulevée ;
Tu crois au soleil du destin !

Va chère âme, poursuis ta route !
Entre vaillament dans la joute
Où la foi porte le vainqueur !
Va ! je te vois avec tendresse ;
Mon cœur soutiendra ta faiblesse ;
Car je suis forte avec mon cœur !

Le meilleur sentiment nous lie ;
La douleur te fait mon amie ;
Dieu par les pleurs veut nous unir !
Tu n'as pas d'abandon à craindre
De l'âme qui ne sait pas feindre,
Et met son courage à chérir !

RÉPONSE

A

HERMANCE LESGUILLON

———◦———

Merci de tes beaux vers, ô ma sœur, ô ma muse!
Ineffable amitié qui jamais ne m'abuse!
    Grand cœur qui sait lire en mon cœur!
D'où viennent tes accents? où prennent-ils leurs charmes?
As-tu donc le secret, en distillant les larmes,
    D'en faire un parfum de bonheur?

Ta voix m'a consolée! elle a montré la joie,

Sous le rêve chagrin que le Seigneur envoie

    Pour justifier son amour!

Et, semblable au rayon qui chasse le nuage,

Ton souffle caressant a dissipé l'orage

    Qui dans mon cœur voilait le jour!

Poëtes! nous souffrons sous le poids de nos âmes!

Il est des pleurs en nous que n'ont point d'autres femmes!

    Le rêve fait notre malheur!

C'est en vain qu'on prévoit l'abîme où l'on se plonge!

Qui pourrait résister à ton divin mensonge,

    O rêve, opium du penseur!

Le souffle du destin, dans sa rage hautaine,

Comme un faible roseau fait courber l'âme humaine;

Mais, grand dans sa colère et juste en sa rigueur,

Il verse également l'urne de la douleur!

Chaque être, quel qu'il soit, du calice a sa dose,
Où par pitié l'amour vient jeter une rose,
Seul bienfait d'ici-bas ! Heureux, heureux encor,
Celui qui dans sa coupe a trouvé ce trésor !

Heureux l'homme qui vit pour chérir et comprendre
Ce grand mot que le Christ est venu nous apprendre :
« Aimez ! aimez ! dit-il ; eh ! qu'importe la mort !
» Aimez ! ne craignez rien ! l'amour est le plus fort ! »

Aimons donc, ô ma sœur ! faisons vibrer nos lyres !
L'ange sans se voiler entendra nos délires ;
    C'est Dieu qui nous en fait les dons !
Aimons et soutenons la pauvre âme qui plie ;
L'égoïste pourra nous taxer de folie,
    Qu'importe, si nous consolons !

Qu'importent les chagrins, la raillerie amère,

Si de nos chants pieux s'élèvent la prière

    Et les compatissants conseils!

Qu'importent les tourments si, soutenant nos ailes,

Colombes de l'amour, nous allons, sœurs fidèles,

    Ensemble au soleil des soleils!

LE ROMAN D'UNE FLEUR

Imp. d' Plon frères rue 36 à Montparnasse Paris

LE

ROMAN D'UNE FLEUR

———o———

C'était par un beau soir d'été ; cachées dans l'herbe haute, de jeunes pâquerettes dansaient en rond. Leur mère, dame Marguerite à la collerette blanche, était citée parmi les ménagères du gazon pour la bonne direction qu'elle donnait à ses filles. Jamais on ne les avait vues sortir de leur feuillage ; jamais leurs corolles n'avaient pâli sous

10

l'éclat du soleil. Un papillon essayait-il d'envahir leur retraite? dame Marguerite le voyait aussitôt, et, sans se laisser
éblouir par ses sémillantes couleurs, chassait le merveilleux avant qu'aucune jeune tête ne l'eût aperçu : aussi,
pas un pétale ne manquait à la virginale couronne des
pâquerettes. Ce soir-là, comme toujours, dame Marguerite
surveillait la danse joyeuse et l'encourageait de son chant.

Dansez, dansez, enfants, le ciel est sans nuage ;
La brise court légère et rit dans le bocage ;
   L'air est tout parfumé ;
La feuille, en frémissant, sous ses baisers s'incline,
Et la cloche du soir chante sur la colline
   Son hymne accoutumé.

Dansez ! car j'aperçois le long voile des brumes ;
Blotti sous la ramée et dormant sous ses plumes,
   L'oiseau rêve d'amour ;
Et l'ange, dédaignant la terre pour ses ailes,
Porte son innocence aux voûtes éternelles
   Pour voir le Dieu du jour.

Enfants, pressez vos pas sur les vertes pelouses ;

De vos fraîches beautés les roses sont jalouses ;

Bénissez votre sort !

A l'abri de mon cœur point de douleur amère,

Oh ! comme vous, enfants, sous l'aile d'une mère

Heureux l'enfant qui dort !

— Bravo ! dame Marguerite, dit un vieux grillon que les chants avaient attiré ; voilà de sages paroles ; bravo, mes belles voisines ! Et le grillon alla tourner autour de la ronde en y distribuant ses petits coups de pattes.

Maître Grillon était un philosophe du voisinage, profond penseur s'il en fût, et dont les judicieux conseils étaient fort appréciés par dame Marguerite. Il avait autrefois étudié, voyagé, et, quoiqu'il se gardât bien d'avouer son opinion sur les hommes, il aimait à dire qu'il ne changerait pas pour leur bruyante gloire sa douce obscurité de grillon. Du reste, excellent cœur, et ne blâmant nullement ses confrères de déserter les prairies pour aller chanter dans leurs âtres : « L'homme en sait plus que nous, di- » sait-il souvent ; en est-il plus sage ? en est-il plus heu-

» reux? Non, sa vie est plus longue, et par conséquent
» entraîne plus de misères. » Il était aimable, aimait à
soulager la douleur et ne refusait jamais ses avis ; il donnait à chacun un mot gracieux en passant, félicitait la
fourmi, encourageait la cigale ; on parlait même de quelques améliorations apportées, grâce à lui, dans l'avarice
de l'une et dans la paresse de l'autre ; on allait jusqu'à
citer une anecdote à ce sujet ; mais, trop peu certaine de
son exactitude, je la passerai sous silence. Maître Grillon,
comme on le voit, était un grillon supérieur et digne en
tous points de la haute estime de dame Marguerite. Aussi,
depuis qu'il habitait la vieille masure attenant à la pelouse, il ne manquait jamais de lui faire sa visite. Toujours enfermées, les pâquerettes n'auraient rien su sans
lui ; qui donc aurait pu leur apprendre les intrigues de
la forêt et les mystères du vallon ? C'était leur nouvelliste,
et surtout un conteur par excellence.

A son arrivée, les pâquerettes quittèrent leurs jeux et
vinrent l'entourer, en tirant de tous côtés son superbe habit
noir, sans aucun respect pour son lustre. — Papa Grillon !
Papa Grillon ! crièrent-elles, vous allez nous conter une
histoire, n'est-ce pas ?

— Oh! je sais bien ce qui m'attend quand je viens vous voir, dit-il ; il faut vous contenter, mes belles curieuses, et je serai, je crois, fort mal venu le jour où mon répertoire sera épuisé ; heureusement que la mémoire est bonne et que dame nature ne manque pas d'enseignements ; c'est là que je puise pour vous, mes enfants, et justement j'ai retrouvé ce matin dans mes souvenirs de voyages une anecdote pleine d'intérêt. Écoutez-la donc, et puisse le ciel vous préserver d'un avenir aussi funeste que celui de la pauvre fleur dont je vais vous raconter l'histoire !

En disant ces mots, maître Grillon s'assit ; dame Marguerite prit son tricot, les pâquerettes l'entourèrent de leurs fraîches guirlandes, et après qu'il eût toussé et rajusté ses lunettes, il commença en ces termes :

— J'étais en voyage ; je parcourais, je crois, les bords du Danube. Un jour que j'avais marché par une chaleur excessive sans rencontrer un ruisseau assez clair pour pouvoir m'y désaltérer, la nuit me surprit au pied d'une montagne dont la hauteur et l'aridité m'effrayèrent. Ne voulant pas cependant reculer devant cet obstacle, je m'armai de courage et je le franchis : bien m'en prit, car arrivé

à son sommet, je vis une vallée enchanteresse. De hauts
platanes arrondissaient leur dôme de verdure au-dessus
d'une petite source dont la limpidité et la fraîcheur me
firent tressaillir d'aise ; des buissons de roses et d'au-
bépines l'entouraient d'un rempart embaumé ; des touffes
d'iris et de nénuphars disputaient aux roseaux son humide
baiser. Devant moi, une jeune fille, à demi cachée sous
des fleurs, écoutait la voix d'un rossignol, et lui improvisait
les vers suivants :

Oh ! que tu chantes bien, mon doux petit oiseau !
Dans les concerts du ciel il n'est rien de plus beau ;
Combien j'aime à te voir voler dans les espaces
Et mêler tes couleurs aux gais reflets du jour ;
Des purs esprits des airs exaltes-tu les grâces
    Dans tes chansons d'amour ?

La nature est à toi, les âmes sont tes sœurs ;
Tu sais tout ; tu comprends ce que disent les fleurs,
Ce que disent les vents courant dans les bruyères,
Ce que la foudre dit dans sa langue de feu ;
Quand ton bec en chantant boit dans les primevères,
    Tu parles avec Dieu !

Beau chansonnier des jours, doux bien-aimé des nuits,

Sur la cime des bois les astres sont tes nids;

Sur la cime des flots, dans le voile des brumes,

Comme un ange endormi tu berces ton sommeil,

Et pour te faire aimer tu colores tes plumes

      Des splendeurs du soleil!

Oh! béni soit ton chant si plein de volupté!

Béni soit ton bonheur si plein de liberté!

Que n'ai-je comme toi le monde pour bocage?

Que ne suis-je ta sœur? Il serait doux alors

Dans l'air et sur les lacs de mirer notre image

      Et d'unir nos accords!

Tout à fait de l'avis de la jeune poète, et trouvant que de blanches ailes lui iraient à merveille, j'essayai de faire à mon tour un poëme là-dessus; mais elle disparut. J'étais accablé de fatigue; le parfum des fraisiers, parmi lesquels je m'étais blotti pour écouter à mon aise, m'enivra à mon insu et m'endormit au premier vers.

La nuit était fraîche et silencieuse : rien ne troubla donc mon premier sommeil; seulement je me souvins que, dans ma distraction, je n'avais pas rendu grâce au Seigneur. Cette idée me tint moitié rêvant, moitié somnolent, et finit par m'éveiller tout à fait. La vallée s'offrit alors à mes regards dans toute sa splendeur de nuit, et, semblable à une mélancolique amante qui cache son sourire, elle me charma sous son voile de brumes et sa couronne étoilée, bien plus que dans sa merveilleuse parure d'azur et de soleil. Oh! quel ravissant séjour! m'écriai-je. Quelle oasis enchanteresse! Jamais aucun chagrin n'a pu l'envahir. C'est sans doute là le paradis attendu des mortels. L'écho répéta mes paroles; mais, comme pour donner un démenti à mon enthousiasme, il y joignit un soupir et des sanglots. Je me levai et j'entendis très-distinctement une voix douce et plaintive : je crus que c'était ma jeune poète; mais ayant regardé autour de moi, un rayon pâle de la lune me montra une petite violette tout en larmes :

Mon Dieu ! mon Dieu ! se disait-elle
Avec un soupir parfumé,
Il me faudra mourir fidèle
Loin de l'oublieux bien-aimé !

Ma tige se dessèche à force de souffrance ;

Chaque matin j'espère et veux croire au bonheur ;

Cependant, chaque nuit m'enlève une espérance,

M'apporte une douleur.

Je le sais, sur des fleurs il vole avec ivresse,

S'enivrant de parfums, s'endormant dans leur sein.

Bien plus belles que moi, que lui fait ma tristesse ?

Son cœur est loin du mien !

Va... tu ne m'aimes pas, car tu fuis ma présence ;

Cette présence, ingrat, qui fut ton seul espoir !

Je me suis enlaidie en pleurant ton absence,

Et tu crains de le voir !

Mais si tu revenais !.. oh ! je serais charmante !

De la beauté l'amour n'est-il pas le trésor ?

Je me redresserais sur ma tige mourante

Pour te sourire encor !

Touché d'une douleur aussi navrante, je m'avançai vers elle, et, après quelques paroles d'intérêt et de consolation, je lui en demandai la cause.

— Hélas! me répondit-elle, bien des maux m'ont été réservés! L'amour a brisé mon être sans me laisser d'espérance, et je sens que le premier souffle d'orage m'emportera dans son tourbillon. Oh! vous êtes bien bon de vous intéresser ainsi à ma peine; mais n'essayez pas de me guérir, cela est impossible! Écoutez tout ce que j'ai souffert; faites-en le récit touchant à mes compagnes, afin qu'elles prient le ciel de les préserver d'un sort semblable au mien.

« Je pris naissance sous la touffe de verdure qui m'entoure; c'était alors un abri calme et riant; quatre sœurs, humbles filles des bois, égayaient la demeure de ma mère et gardaient pour le Seigneur seul les trésors de leurs calices. Ma mère, mère prudente! nous élevait silencieuses et cachées; nous reposions le jour sous la fraîcheur des feuilles, et le soir, le zéphyr, notre père, les écartait doucement pour nous donner le baiser de nuit et écouter nos voix embaumées chanter l'hymne de la nature.

» Je venais d'éclore, et c'était sur moi que se concentrait toute la tendresse de la famille: aussi, rieuse et folle, j'obéissais rarement à mes sœurs et à ma mère; trop certaine de leur faiblesse à mon égard, et sûre de les apaiser avec un sourire, je blâmais, en riant, leurs craintes, et ne soupçonnais pas qu'un danger pût atteindre mon bonheur. Hélas! je devais bientôt moi-même le briser pour jamais!

» Un matin, ma mère et mes sœurs dormaient encore, je vis passer la brise qui, curieuse et le nez au vent, colportait ses nouvelles; je l'appelai pour qu'elle me berçât dans ses bras, ce qui m'amusait beaucoup; mais, en cet instant, un rayon de soleil pénétra dans notre demeure; j'oubliai la brise pour sa lueur dorée, et, voulant la saisir, j'entr'ouvris nos verts rideaux. Alors je vis un spectacle admirable! Mille fleurs, bien plus belles que mes sœurs, épanouissaient leurs riches corolles sous des rayons éblouissants! De nombreux papillons, si beaux, si beaux qu'ils les faisaient pâlir, s'élançaient dans les airs, soutenus par des ailes aux nuances si diaphanes et si variées, que je les pris au premier abord pour des fleurs écloses dans l'azur.

» A cette vue, je sentis un bonheur infini se répandre dans tout mon être! Ma mère s'éveilla, et m'appelant avec frayeur : — Rentre, rentre, enfant! me dit-elle. — Mais moi, je regardais la belle couleur de ma robe, et, sans l'écouter, j'appelai mes sœurs pour qu'elles vinssent voir le reflet merveilleux que lui donnait le soleil! Hélas! coquetterie funeste! Ma mère s'avança pour fermer le feuillage; mais, c'était trop tard! Un enfant m'avait aperçue, il me montra sa tête rose et joyeuse; puis, de la main écartant notre abri, il emporta dans ses doigts meurtriers tout ce que j'aimais sur la terre. J'eus beau le supplier de m'arracher aussi; il me dédaigna parce que j'étais trop petite sur ma tige, et que j'avais dépensé tous mes parfums à m'extasier sur les beautés de la nature.

» Oh! le cruel enfant! Je le vis tuer ma mère sous son pied mutin et revenir, en riant, jouer près de la sienne. Je ne sais si cette dernière pressentit ma douleur, mais je l'entendis lui dire :

« Enfant, tu ne sais pas ce que c'est qu'une fleur,

» Tu la trouves jolie et lui ris dans le cœur;

> » Mais, sans pitié pour elle,

> » Ta main douce et cruelle

> » Devenant son bourreau,

> » L'effeuille sans alarmes

> » Et ne voit pas les charmes

> » Qu'elle lègue au tombeau!

> » Oh! que dirait ta mère

> » Si le puissant tonnerre,

> » Terrible main de Dieu,

> » Sans pitié pour ta vie

> » Te brisait, fleur chérie,

> » Sous son souffle de feu!

> » Du maître de la terre

> » Respectons les décrets:

> » Le maître a ses secrets;

> » La vie est un mystère,

» Enfant, voilà ta loi.

» La fleur a l'existence,

» Et devant sa puissance

» Elle est autant que toi. »

» Brisée de regrets et de désespoir, je me penchai hors de ce vert berceau, si désert maintenant pour moi; je pleurai tout le reste du jour ; et, après avoir demandé vainement à la nuit ma famille, la lourdeur de mes larmes ferma mon calice et je m'endormis.

» Hélas! je m'éveillai trop tôt pour retrouver mes douleurs! Le soleil brillait autour de moi de la même splendeur que la veille ; la vallée changeait ses colliers de boutons en des guirlandes fleuries, mêlant les diamants de l'humide rosée à sa délicieuse parure; mais je n'admirais rien : qu'aurais-je trouvé beau au travers du voile de deuil qui me couvrait?

» Je demeurai anéantie, mourante... Soudain un bruit léger se fit autour de moi, je ne regardai pas; la brise importune pouvait seule troubler ma retraite; mais tout à coup un éclair ravit mes yeux, et je sentis qu'on me donnait un baiser. Effrayée, je me couvris de feuillage, et vis au travers un jeune papillon, aux ailes si fines et si dorées, que rien de si beau encore n'avait frappé mes regards. Pour lui, étonné de ma brusque disparition, il s'affaissa sur l'herbe et me dit :

» Pourquoi te caches-tu, douce petite fleur? En fuyant
» l'éclat de ces roses trompeuses, j'ai vu ta jolie tête toute
» trempée de larmes, et j'ai voulu les essuyer de mes ailes
» et les sécher sous mes baisers. Ne crains rien, viens à
» moi; je t'aime, toi si humble et si tendre! Aucune fleur
» ne m'a jamais aimé, et toutes veulent me plaire. Oh!
» qu'as-tu donc, enfant? Dis-moi ta douleur; si tu pleures
» ta mère, tu ne sais peut-être pas qu'il existe un bonheur
» plus grand que sa tendresse : jamais, sans doute, on ne
» t'a parlé d'amour, car je n'ai jamais vu une seule de tes
» sœurs mêler sa simple parure aux folles beautés des buis-
» sons. Suave, embaumée, pourquoi caches-tu tes trésors?
» Répands tes parfums sur mes ailes, pour que je les porte
» au Seigneur! Oh! si tu voulais m'aimer, je viendrais de-
» meurer sous ton frais abri, et, sans chercher l'amour de

» ces fleurs volages, je resterais près de toi pour t'aimer
» toujours! »

» Craintive et charmée, je gardai longtemps le silence ;
mais mon pauvre cœur avait tant souffert!... le papillon
était si beau!... son chant d'amour si suppliant!... que...
follement, entraînée, ma voix soupira ces accents :

Beau papillon d'azur, sur ma tige légère
Tu fais en vain briller tes suaves couleurs ;
Eloigne-toi de moi ! ton amour éphémère
Te suit à chaque vol et vient troubler les cœurs.
Ne m'aime pas ! T'aimer ce serait trop de charmes !
Et ce bonheur, hélas ! je le verrais s'enfuir !
Non, non, ne m'aime pas ! prends pitié de mes larmes !
Car je t'aimerais tant que j'en pourrais mourir !

Pourquoi si près de moi fais-tu briller ton aile?
Je frissonne et pâlis sous ton regard d'amour ;
Si j'allais succomber ! Si mon âme rebelle
S'abandonnait enfin à tes bonheurs rd'un jou!

Ne m'aime pas, sois bon , résiste à ma faiblesse !
Déjà si tu voulais sur d'autres fleurs courir,
Je sentirais mon cœur se briser de tristesse,
Et de sa jalousie il me ferait mourir.

Je ne veux pas t'aimer... non, mais je veux te plaire.
Je te vois avec joie admirer mes attraits ;
Ton hommage m'est doux, ta présence m'est chère :
Je veux fuir ton amour et ne le peux jamais.
Viens, viens à moi ! je t'aime !.. ah ! viens dans mon calice !
Là, sous mes longs baisers tu pourras t'endormir !
Aime-moi ! car aimer est l'unique délice ;
Je veux tout ton amour, même s'il fait mourir !

.   .   .   .

» Le lendemain, hélas ! le soleil vint réchauffer ses ailes ;
il les déploya malgré tous mes soupirs, et s'envola en me
disant : « Adieu , chère bien-aimée, je vais chercher pour
» toi les trésors de l'air, la fraîcheur de l'ombre, les gout-
» tes du torrent ; je reviendrai ce soir reposer sous tes
» feuilles ! »

» Mais le soir j'attendis vainement, et les étoiles du ciel
vinrent éclairer mon nid désert.

11

» Vers le jour, je crus mourir de joie, en reconnaissant le bruissement de ses ailes d'or ; il se pencha sur moi, me donna du miel et des baisers, puis souriant :

» Pourquoi pleures-tu ? me dit-il. Vois si les autres » fleurs pleurent quand nous voltigeons ; elles savent bien » que nous ne pourrions demeurer sur leurs tiges. L'air » est notre élément, comme la terre est le vôtre. Mais con- » sole-toi, douce petite fleur! tu es ma bien-aimée. »

» Hélas ! en disant ces mots il s'élança sur des branches » d'aubépine, et je m'écriai :

A peine si ton aile effleura ma corolle,
    Et tu fuis loin de moi!
Avec toi, tu le sais, tout mon bonheur s'envole,
    O mon bien-aimé roi!

Pourquoi, pourquoi me fuir? quel est donc le mystère
    Qui me ravit ton cœur?
Est-ce la folle brise, ou l'amour éphémère
    Que t'offre une autre fleur?

Oh! s'il en est ainsi, résiste à leur tendresse,
  Résiste à leurs accents !
Car tu pourrais souffrir cette immense tristesse,
  Hélas! que je ressens.

Emporte ce conseil, et que ma voix amie
  Te suive en ton ciel bleu!
Que ne puis-je aussi bien voir s'envoler ma vie
  Sur ton aile de feu!

Papillon! papillon! être ingrat et volage
  Que j'aime pour toujours,
Tu m'as donné les pleurs, et pourtant mon jeune âge
  Avait tant de beaux jours!

Je ne te maudis pas. Va! cours après les charmes
  Qui volent devant toi!
Mais si dans ton chemin se trouvaient quelques larmes,
  Ami, donne-les moi.

» Toute ma pauvre âme s'était envolée dans ces paro!
Peut-être m'avait-il entendue; mais les rieuses aubép'
le retinrent captif dans la haie parfumée de leur deme

» Voilà trois jours, ajouta-t-elle, et je ne l'ai point
revu. »

Chère petite fleur, ne pleure pas, lui dis-je,
Sur ta tige
Tu le verras un jour
Plein d'amour.

Il reviendra, l'ingrat! quand son aile volage
Prenant âge
Aura moins de loisir
A s'ouvrir;

Quand le vent de l'orage aura tiédi sa flamme;
Quand son âme
Saura comprendre enfin
Ton chagrin.

Vois! tes pleurs ont rempli ton réduit solitaire,
Et la terre
Humide en cet endroit
Te fait froid;

Ta robe en a pâli, ta corolle en ruisselle ;

  Ah ! sois belle !

 Car jamais la laideur

  Ne prend cœur.

Et puis, le ciel est là pour guérir ta souffrance !

  Espérance !

 L'avenir est un don

  S'il est bon.

— J'allais m'éloigner en disant ces mots, quand la brise folle accourut : « Grande, grande nouvelle, petite violette ! dit l'étourdie ; je viens de voir votre cher papillon ; il a passé la nuit dans un buisson de roses ; et, sans doute, il allait les délaisser encore et prenait déjà son vol ; mais une de leurs épines retint son aile captive. Il voulut se dégager ; et la cruelle, s'enfonçant davantage, lui perça le cœur ! On peut le voir d'ici ; une de ses ailes est repliée sur elle-même, et l'autre a jonché le gazon de ses débris dorés. » — Peut-être revenait-il vers moi, murmura la violette ; et, mourante, elle s'affaissa sur sa tige.... Je la laissai aux soins de la brise et de la rosée des nuits.

Vers le matin, la vallée se couvrit d'ombres; j'aperçus les ailes déchirées du papillon et les feuilles de la violette emportées au hasard par un tourbillon d'orage . . . .

. . . .

. . . .

La nuit était tout à fait venue; maître Grillon se leva, en essuyant ses yeux; dame Marguerite sermonna les pâquerettes, en les faisant rentrer, et bientôt tout dormit sur la pelouse. Seulement un sylphe indiscret, le lendemain de cette soirée, raconta dans tout le bocage à qui voulait l'entendre qu'en passant au-dessus de la demeure embaumée des pâquerettes, il avait remarqué que la plus jeune ne dormait pas, et qu'il avait entendu très-distinctement s'exhaler de sa corolle un soupir et un murmure d'amour.

TABLE DES MATIÈRES

	Pages
A Toi	7
Le Souvenir d'une Mère (à S. M. l'Empereur Napoléon)	9
Affliction	15
Vassale et Châtelain. I. La Chasse	17
— II. Le Cerf Sauvé	19
— III. Le Sacrifice	24
La Branche de Réséda	25
A Marguerite	26
Plainte de Sapho	27
Berceuse	29
Les Dons de Lavallière. — Pensée	31
— — Dévouement	32
— — Amour	ibid
Lavallière au portrait de Louis XIV	33
Qu'es-tu ?	37
L'Esclave	41
Les Fleurs de mon âme	45
La Bonne Année d'un Enfant de trente-deux jours à son Père	49
Consolation	51
Histoire d'une Colombe	55

	Pages
La fuite de l'Illusion	61
Prière pour la France (après les tristes Journées de Juin)	63
Adieux à M. de Lamartine.	67
Pauvre Oubliée	71
Les Fleurs de Bernardine	75
La Noël	77
A des Oiseaux.	81
Jeune Fille et Sensitive	85
L'Espérance du Prisonnier	87
Gloire et Bonté	91
Prière pour la Reine Hortense	93
Compliment d'une Enfant	97
L'Impératrice Eugénie	99
A Mme de P*** (pendant qu'elle faisait mon portrait)	103
A une Jeune Malade.	107
Insouciante	111
Histoire d'un cœur	113
Pour un sourire de l'Empereur (prière d'un petit enfant)	115
Un Bouquet	119
Femme et Jeune Fille	121
Dieu et Devoir	125
Votre Mère ou l'Héroïne Sainte	129
Madone des Poètes	133
Hermance Lesguillon à Maria Delcambre	136
Réponse à Hermance Lesguillon	141
LE ROMAN D'UNE FLEUR	145

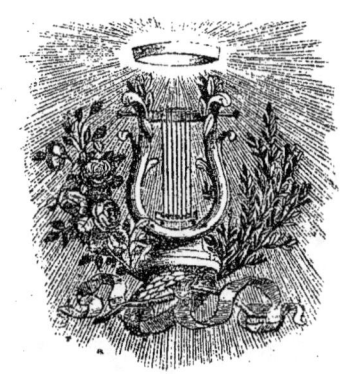

PARIS. — Typographie D'ADRIEN DELCAMBRE et C., 15, rue Breda.